CHANOINE ROUSSET

LA VIERGE NOIRE

D'ALBIGNY-AU-MONT-D'OR

(Rhône)

LYON

AUDIN ET CIE

—

1927

LA VIERGE NOIRE

D'ALBIGNY-AU-MONT-D'OR

(Rhône)

CHANOINE ROUSSET

LA VIERGE NOIRE
D'ALBIGNY-AU-MONT-D'OR

(Rhône)

LYON

AUDIN ET CIE

1927

2

Veüe d'Arbresle sur la saofne pres de Lion. Israel ex cum privil. Regis

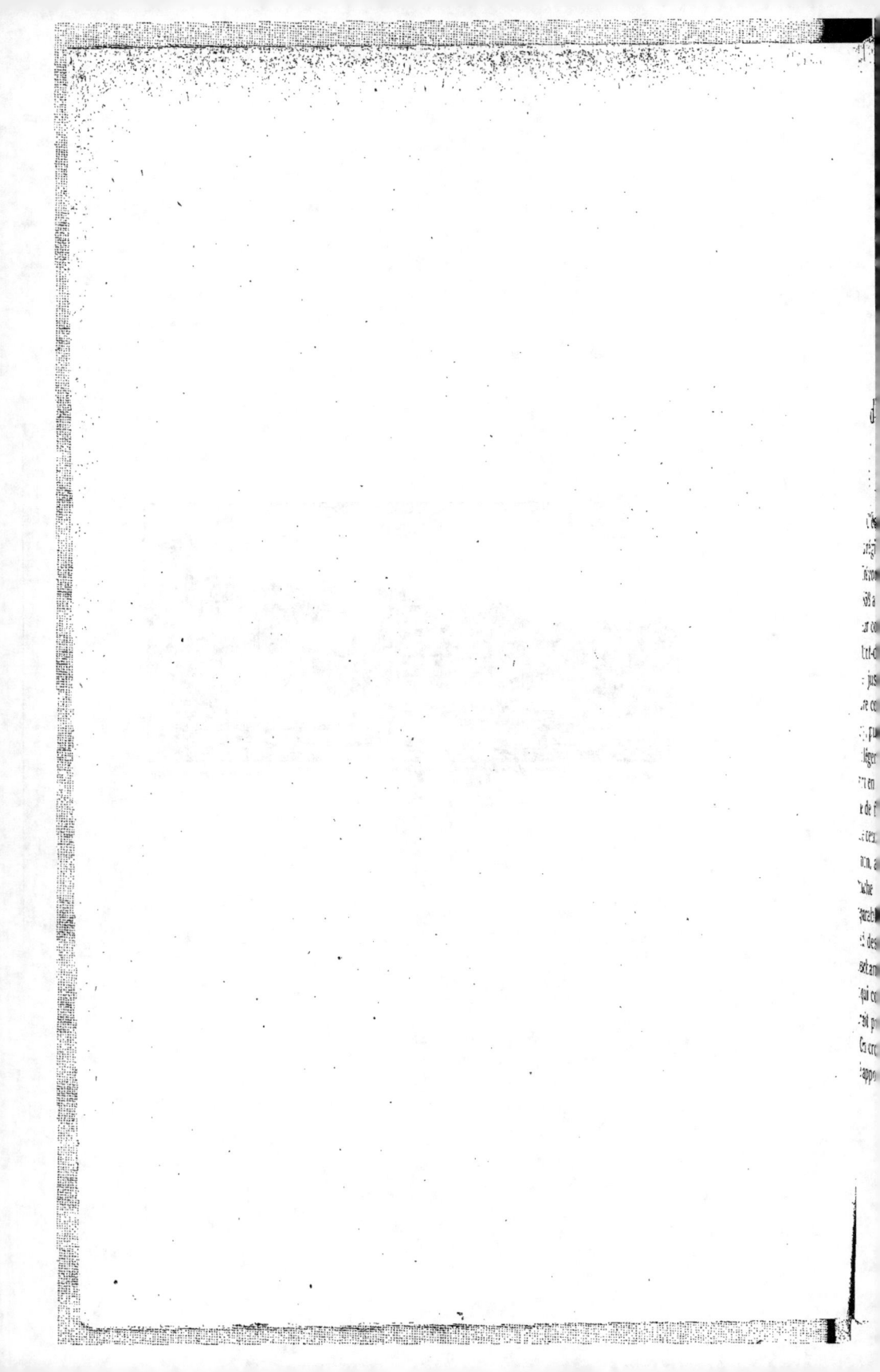

La Vierge noire

d'Albigny-au-Mont-d'Or (Rhône)

C'est à un enfant, sinon de cette paroisse, au moins de la région, puisqu'il est né à Quincieux (Rhône), en face de Trévoux, le 12 janvier 1853, mais qui a habité Albigny de 1858 à 1876 (époque à laquelle son vénérable père, instituteur communal, prit sa retraite et se retira à Couzon au Mont-d'Or, où il exerça les fonctions de secrétaire de mairie, jusqu'à sa mort, en 1891), que revient l'honneur de faire connaître, non pas l'historique de la Vierge d'Albigny, puisque les documents manquent, mais les traditions ou légendes qui avaient cours autrefois dans le pays, et qui sont en train de s'en aller, par suite de la disparition de la vie de famille. Il est certain qu'il y aurait fallu écrire ce que ceux de nos ancêtres, qui avaient vu la Grande Révolution, avaient entendu, pendant les soirées d'hiver, de la bouche de leurs parents ou grands-parents. Malheur irréparable! (Nous avions, à ce moment, dans le village, au pied des escaliers conduisant au vieux château, le père Deschamps, mort en septembre 1865, à l'âge de 90 ans, et qui connaissait bien les traditions locales: c'est lui qui aurait pu nous renseigner sur lesdites traditions).

On croit communément que la Vierge en bois sculptée a été apportée dans ce pays à l'époque des Croisades, et certain ornement de la tête ferait supposer qu'elle venait de l'Egypte, plutôt que de la Palestine. Elle fut l'objet d'une grande dévotion que nous avons constatée dans notre enfance, vers 1860, et elle était, le 8 septembre, jour où, depuis la construction, en 1848, de l'église actuelle, l'objet d'une affluence, venant même des paroisses voisines, surtout pour assister à la messe qui se célébrait dans l'ancienne chapelle, au vieux château, où elle est restée jusqu'en 1870, époque de la désaffectation de ce lieu de pèlerinage.

Et ici se place un autre fait dont nous n'avons pu connaître la cause : Le jour de l'Ascension, les femmes du voisinage, surtout celles du hameau de la Montagne, revêtaient ladite statue d'une belle robe, et se dépouillaient, pour quelques heures, de leurs bijoux, surtout de leurs colliers, qu'elles passaient au cou de la Vierge, et c'est, placée sur un brancard spécial, qui n'existe plus, qu'elle était portée en procession, par le chemin des Avoraux, jusqu'à Villevert, avec retour, par la route du bord de Saône. Nous n'avons pas pu découvrir la cause de cette manifestation qui paraissait toute naturelle le jour de l'Assomption, au 15 août, fête de la Sainte Vierge, et qui, cependant, avait lieu le jour anniversaire de la montée au ciel de Notre-Seigneur. Il y a dû se produire le jour de ladite fête, ou à cette époque, un événement extraordinaire qui a déterminé cette fixation.

Nous nous rappelons avoir vu suspendus, dans l'ancienne chapelle, à droite et à gauche de la Vierge, placée dans une niche, ancienne fenêtre du mur d'est, derrière le maître-autel, des témoignages de guérisons miraculeuses, par exemple : des pieds en cire, etc., etc., etc. Et, à cette fenêtre, devenue quart de fenêtre, se trouvait un verre de couleur qui projetait, surtout le matin, au soleil levant, sur la tête de la statue, une lueur, autant que je puis me rappeler, jaunâtre, bien impressionnante.

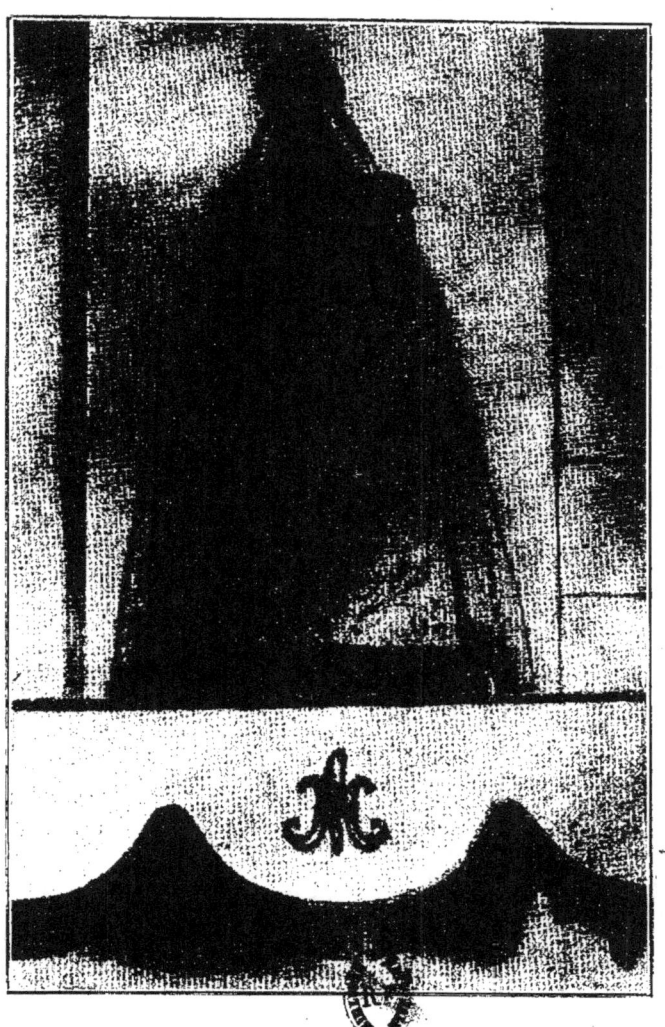

La Vierge noire d'Albigny-au-Mont-d'Or (Rhône)

Un autre événement qu'il aurait été plus facile de préciser, ce fut celui de la disparition, au moment de la Grande Révolution, de ladite statue qui fut jetée dans les bois, où, d'après quelques-uns, dans les carrières de Couzon, ou encore dans les vorgines (1) du bord de la Saône, et trouvée par un habitant de cette dernière localité ; aussi, le calme étant revenu, elle fut portée dans l'église de cette paroisse. Mais, ô surprise, le lendemain, elle avait disparu, et elle fut retrouvée au même endroit, d'où on l'avait transportée à Couzon. De là, discussion entre les gens des deux pays : Albigny qui, à ce moment, avait conservé une foi très vive, tenait trop à cette statue pour s'en dessaisir, et Couzon, qui connaissait la valeur de cette Vierge, tenait à la garder. On décida de s'en remettre à la Providence, et quand bien même le courant de la Saône qui longe Albigny à l'Est se dirigeant sur Couzon, devait donner raison, humainement parlant, aux gens de cette paroisse, on convint de la mettre sur une barque, et, ô prodige ! le bateau, malgré le courant, remonta vers Albigny : il n'y avait plus de discussion possible : le Ciel avait parlé !

Nous avons entendu raconter autrement ce fait extraordinaire : c'est que l'épreuve fut soumise à la valeur de quatre chevaux, deux en tête et deux en queue d'un petit chariot sur lequel on l'avait placée, et que ce furent ceux qui étaient tournés du côté d'Albigny qui furent vainqueurs. C'est moins miraculeux.

Nous ne nous rappelons pas ce qui nous a été dit du bois qui a servi à sculpter cette statue ; il nous semble nous souvenir que c'était fait avec le tronc d'un arbre d'Orient.

---

1. On entend par vorgines les lieux incultes (ou prairies) garnis de petits arbrisseaux, tels que, saules, jeunes peupliers, et même ronces, etc., etc.

Jusqu'à présent, elle n'a pas stimulé l'imagination des littérateurs et des poètes, cependant nous possédons une copie de l'événement intitulé : *Le Miracle de la Barque*, raconté par un Lyonnais, M. Jean Thévenet, et offert par reconnaissance à M. l'abbé Aymard (curé d'Albigny, depuis 1891).

25 mars 1927.

Chanoine ROUSSET,
Directeur de l'Asile Saint-Léonard,
Couzon au Mont-d'Or (Rhône).

Membre de la Société littéraire, historique et archéologique de Lyon, et de la Diana, de Montbrison.

P. S. — 1° On mettait sur la Vierge, en même temps que des bijoux, entr'autres, des colliers d'or, quelques prémices des fruits de la saison, par exemple : des fraises, etc.

2° L'église paroissiale, qui était, jusqu'à la Grande Révolution, située au lieu appelé Notre-Dame, et qui fait partie, depuis une cinquantaine d'années, de la propriété départementale de la maison de retraite, et dont la sacristie a vécu jusqu'à l'époque où, avec un don de M. François Côte (ex-frère Ennemond), employé dans ladite maison, on construisit une aumônerie, aujourd'hui affectée au logement d'un employé, a-t-elle été élevée à cet endroit en souvenir de la Vierge ? Si l'événement miraculeux dont nous parlons datait, par exemple, des Guerres de Religion ou de l'époque des Croisades, on pourrait supposer que ce nom est la conséquence dudit événement ; mais s'il date seulement de la Grande Révolution, pourquoi ce vocable et cette construction d'église, au Moyen Age, et à cet endroit, assez éloigné du village, et surtout du hameau de Villevert, dépendant d'Albigny ? Réponse, s. v. p.

3° Au dernier moment, nous apprenons que le choix du jour de l'Ascension et de la procession de ce jour-là serait dû à cette raison, que la dite statue aurait été trouvée (ou retrouvée) le jour de cette fête ; tradition assez plausible.

Intérieur de l'Eglise d'Albigny-au-Mont-d'Or (Rhône).

LE MIRACLE DE LA BARQUE

I

C'était une humble vierge de campagne, sculptée, il y a bien des années, dans un morceau de cœur de chêne, par un pieux artisan qui voulut taire son nom pour ne pas s'exposer au péché d'orgueil.

Comme il était pieux, il l'avait voulu faire très belle, et l'avait enluminée de couleurs éclatantes, comme une sainte de vitrail. Elle était vêtue d'or, telle une princesse, et elle tenait dans sa main le globe du monde, peint en bleu. Elle était noire aussi, ce qui ne l'empêchait pas d'être jolie, suivant ce qui est écrit au *Cantique des Cantiques* :

Nigra sum, sed formosa, filiae Jerusalem.

Et parce que cela ne suffisait pas à la piété des humbles, il l'avait parée avec amour. Elle avait une couronne de métal sur la tête, et un cœur en cuivre doré sur la poitrine, et aussi elle était habillée d'une très belle robe lamée d'argent que lui avait donnée une pauvre femme toujours en haillons, ce qui pourra sembler étrange ; mais chacun sait qu'il faut être fou aux yeux des hommes pour être sage aux yeux de Dieu.

Ainsi elle trônait comme une reine dans une obscure église de village, construction massive et romane où il y avait beaucoup de tombes dans le pavé et beaucoup de nids d'hirondelles sous le portail. Une lampe rouge brûlait, devant elle, nuit et jour, et toute vermeille dans sa belle robe d'argent qui tombait droite comme une cloche, elle avait l'air d'une petite idole.

Autour d'elle, s'amoncelaient de très pauvres choses, et
très poussiéreuses : du buis bénit, des couronnes de fleurs
séchées, des ex-voto très naïfs, et des remerciements écrits
à même sur la pierre. Elle considérait tout cela de cet air
placide et doux que le sculpteur inconnu avait empreint
sur ses traits, peut-être parce qu'il ne savait mieux faire,
peut-être aussi pour exprimer à sa manière les joies immuables que goûtent les Elus dans l'Eternité.

On venait de très loin pour l'implorer : les vieux qui
n'ont plus guère à demander à la vie, et les jeunes qui at-
tendent d'elle plus qu'elle ne peut leur donner ; tous gens
de culture qui joignaient péniblement leurs mains calleu-
ses, et laissaient de la terre sur les dalles où ils s'agenouil-
laient. Et la plupart de ces demandes étaient très mes-
quines, très égoïstes, très matérielles aussi ; on y entremê-
lait tour à tour les humains, les récoltes, les bêtes : il fallait
guérir l'enfant malade, faire mûrir le blé ou la vigne, mul-
tiplier le troupeau dans l'étable.

D'autres fois, aussi, on lui confiait des peines d'amour.

Elle accueillait toutes ces demandes parce qu'elle est la
« Très Bonne » ; elle les exauçait aussi parce qu'elle est la
« Très Puissante ».

Et toujours coulaient à ses pieds les prières éternelle-
ment semblables, parce que, s'il y a une histoire des hommes, il n'y a point d'histoire des âmes. Chaque année allu-
mait sa bûche de Noël et son feu de la Saint-Jean, lui don-
nait à bénir ses épis et ses grappes (car toutes les années
sont les mêmes devant Dieu).

A l'ombre de la petite église, des créatures naissaient,
s'unissaient, mouraient ; et cela se répétait sans cesse, car
la vie humaine est un cercle qui toujours recommence :
c'est pourquoi cette histoire n'a pas de date précise.

Elle habitait un calme pays aux nuances claires, blotti
entre des collines aux douces ondulations fuyantes et la

Saône, dont les eaux sont si lentes, qu'on aime à la regarder couler. Il y avait des peupliers verts le long de l'eau grise et des vignes sur les coteaux.

Elle habitait un calme pays.

II

Or, voici qu'un jour, un orage, qui grondait depuis longtemps au ciel, éclata soudain, déferlant comme une vague jusqu'en ce petit royaume de douceur ; mais cet orage ne venait pas de Dieu. Et comme il arrive en ces temps de deuil, les méchants, qui parlaient haut et fort, dominèrent les bons qui se taisaient. Alors, la Vierge, qui n'avait fait que du bien, fut déclarée séditieuse par ces hommes ; tant il est vrai que Dieu sera toujours placé au milieu du peuple comme un signe de contradiction. Puis, la statue ayant disparu, on mit à sa place une femme, en vêtement multicolores, qu'on appelait la « Raison », et qui, elle, ne faisait pas de miracles. Aussi, ces années-là, il y eut de grands malheurs dans le pays.

Mais Dieu a dit à la mer : « Tu n'iras pas plus loin ! », et le cœur des hommes est plus facile à apaiser que les flots de la mer. Aussi, la tempête se calma, les temples se rouvrirent, les cloches sonnèrent et les prières montèrent au Ciel. Et de nouveau les fils de la terre vinrent s'agenouiller sur les dalles dans l'église massive et romane où il y avait beaucoup de tombes dans le pavé et beaucoup de nids d'hirondelles sous le portail. Mais la statue vermeille avait disparu, qui semblait une petite idole.

III

Or, un jour, fête de l'Assomption (ou de l'Ascension ?), elle fut retrouvée dans une carrière, non loin de là, où, sans doute, l'avait cachée une main pieuse, comme fit Jérémie, pour l'Arche d'alliance dans les gorges ombreuses et parfumées de lys du mont Nébo. Elle avait toujours sa couronne de métal et son cœur en cuivre doré, et sa belle robe d'argent qui tombait droite comme une cloche, avec cet air placide et doux, reflet des joies immuables que goûtent les Elus, comme des étoiles dans l'Eternité.

Alors, tous, la reconnaissant, s'écrièrent: « Elle est à nous ! », et ils voulurent la prendre et porter en triomphe dans l'église. Mais les gens d'un village voisin, le long de l'eau, qui l'avaient toujours désirée, parce que leurs épis étaient moins drus et leurs grappes moins lourdes, dirent aussi: « Elle est à nous ! ». Et nul ne put les départager, car il n'y avait plus que quelques vieux qui se souvenaient.

Alors, comme on ne voulait pas qu'il y eût bataille entre eux, on décida de placer la Vierge retrouvée sur une barque, sans rames ni voile, pour voir de quel côté elle irait. Et ceux du village qui était en aval se réjouissaient à l'avance, pensant qu'elle aborderait chez eux, comme dans un port tranquille. Car l'homme ne croit au miracle que dans la mesure où il en profite, et toujours il cherche à intervenir, comme s'il voulait tendre la main à Dieu.

Donc, la statue fut placée seule, sur une barque, où brûlaient vingt cierges, et la barque abandonnée au courant, pendant que, sur la rive, tous regardaient et chantaient le *Salve Regina*. Déjà ceux du village qui était en amont commençaient à avoir peur, tant la foi de l'homme est chancelante ; mais ils tombèrent à genoux et crièrent au miracle quand ils virent que la barque remontait le courant.

La barque remonta le courant, comme si on l'eût tirée avec des cordes, et s'arrêta en face du village d'où la Vierge était sortie. Et comme les gens d'en-bas criaient au sortilège, on recommença l'expérience une fois, et une fois en-

Vitrail de la Chapelle de la Sainte-Vierge dans l'église d'Albigny-au-Mont-d'Or, représentant le retour de la Vierge miraculeuse dans cette église.

core et toujours la barque illuminée remontait le cours de l'eau. Alors, ils furent confondus.

Puis, le clergé, en habits de chœur, et les hommes en habits de fête, prirent la statue sur leurs épaules et la rapportèrent sur son trône vide, devant lequel brûlait la lampe rouge.

De nouveau, il y eut, autour d'elle, du buis bénit, des couronnes de fleurs séchées, des ex-voto très naïfs et des remerciements écrits à même sur le mur.

Et, comme jadis, on vint de très loin pour l'implorer.

Cela prouve que l'homme ne doit jamais pécher par désespérance, puisque la main de Dieu peut bouleverser l'ordre des choses, et faire remonter le fleuve vers sa source, et faire bondir les collines comme des agneaux.

Et cela prouve encore la confiance immense et indéfectible qu'il faut avoir en Celle qui monte du désert dans l'odeur des aromates, blanche comme la neige sur le Liban, Celle qui accueille toutes les demandes, parce qu'elle est la « Très Bonne », et qui les exauce, parce qu'elle est la « Très Puissante ».

Ecrit en la fête de l'Immaculée-Conception, le huit décembre mil neuf cent dix-huit.

J. T.